T0266602

Los reyes

Julio Cortázar

Los reyes

ALFAGUARA

Primera edición en este formato: enero de 2024

© 1949, Julio Cortázar y Herederos de Julio Cortázar
© 2017, Penguin Random House Grupo Editorial, S. A.
Humberto I 555, Buenos Aires
© 2024, Penguin Random House Grupo Editorial, S. A. U.
Travessera de Gràcia, 47-49. 08021 Barcelona

© Diseño: Penguin Random House Grupo Editorial, inspirado en un diseño original de Enric Satué

Printed in Spain – Impreso en España

ISBN: 978-950-51-1230-2
Depósito legal: B-19350-2023

Impreso en Unigraf, Móstoles (Madrid)

AL1230A

Escena

A la vista del laberinto, de mañana.
Sol ya alto y duro, contra la curva
pared como de tiza.

MINOS

La nave llegará cuando las sombras, calcinadas de mediodía, finjan el caracol que se repliega para considerar, húmedo y secreto, las imágenes de su ámbito en reposo. ¡Oh caracol innominable, resonante desolación de mármol, qué fosco silencio discurrirán tus entrañas sin salida!

Allí mora, legítimo habitante, esta tortura de mis noches, Minotauro insaciable. Allí medita y urde las puertas del futuro, los párpados de piedra que su sagaz perfidia alza contra mi trono en la muralla. Mis sueños aguzados de astas. Todo remo me es cuerno, toda bocina mugir. ¡Minotauro, hijo de reina ilustre, prostituida! Nadie hallará el artificio armonioso capaz de medir sin engaño un temor de rey.

Minotauro, silencio en acecho, signo de mi poder sobre la concavidad del mar y sus ramos de azules islas. Testimonio vivo de mi fuerza, del filo abominable de la doble hacha. ¡Sí, preso y condenado para siempre! Pero mis sueños entran al laberinto, allí estoy solo y desceñido, a veces con el cetro que se va doblando en mi puño. Y tú adelantas, enorme y dulce, enorme y libre. ¡Oh sueños en que ya no soy el señor!

Los sueños, también tarea real. Contra cada noche voy subiendo en odio hasta preferir tu muerte a toda proclamación de gloria en otras playas. Reinar en mí, oh última tarea de rey, oh imposible!

Ariana se acerca sin mirar el suelo, los ojos
fijos en el muro del laberinto.

ARIANA

La nave es lisa, con velas blancas. Un marinero dijo: «También hay velas negras, pero están sumidas en la cala, libres de ratas con pez y sortilegios. Palas no querrá que las icemos de vuelta». Lo dijo un marinero.

MINOS

Hablas como por sobre mí. Estamos solos pero no es a mí a quien hablas.

ARIANA

Hablar es hablarse.

MINOS

Vete sola, entonces.

ARIANA

Eres como una lámina de bronce, me oigo mejor si te hablo. Cuando llegué, tú te escuchabas en el alto espejo del aire.

MINOS

Es más denso que el aire. Míralo allí, alza tu voz y te la devolverá como un golpe de ramas secas en la cara.

ARIANA

¿Tienes miedo del eco?

MINOS

Hay alguien detrás. Como en todo espejo, alguien que sabe y espera.

ARIANA

¿Por qué le tienes miedo? Es mi hermano.

MINOS

Un monstruo no tiene hermanos.

ARIANA

Los dos nos modelamos en el seno de Pasifae. Los dos la hicimos gritar y desangrarse para arrojarnos a la tierra.

MINOS

Las madres no cuentan. Todo está en el caliente germen que las elige y las usa. Tú eres la hija de un rey, Ariana la muy temida, Ariana la paloma de oro. Él no es nuestro, un artificio. ¿Sabes de quién es hermano? Del laberinto. De su cárcel misma. ¡Oh caracol horrendo! Hermano de su jaula, de su prisión de piedra. Un artificio, mira, igual que su prisión. Dédalo los hizo a ambos, astuto ingeniero.

ARIANA

Ella ha sido mi madre.

MINOS

El ánfora ya rota en pedazos execrables. Tú naces de mí como el aroma del vino profundo. Hija de rey, paloma de oro. Primero fuiste tú, y en Cnossos se alzaba la alegría como un potro en dos patas. Entonces urdió Dédalo la máquina de bronce, maleándola en secreto. Yo recibía embajadas, presidía torturas. Y entre tanta comisión real, Pasifae se rendía a un deseo de manos calientes y yugulares rotas.

ARIANA

No lo digas. Saber una cosa no es como escucharla. Saber sin palabras, la cosa misma adherida al corazón, nos abriga de su imagen como un escudo.

MINOS

Nadie me libró de escucharlo. Con palabras te lo diré para que la vomites de tu corazón y seas solamente la hija del rey. Cuando apenas le quedaba voz, al tercer día de suplicios, Axto derramó la verdad con su sangre. El toro era del norte, rojo y henchido, se le veía subir por la pradera como las barcas egipcias que traen a los emisarios y las vendas perfumadas. Ella estaba ya en la vaca luminosa, delfín de oro entre las hierbas, y fingía un mugido solitario y blando, un temblor en la piel de la voz.

ARIANA

No lo digas. Axto murió mutilado y amargo. Su dolor hablaba por él, pero tú eres un rey.

MINOS

El toro vino a ella como una llama que prende en los trigos. Todo el oro fúlgido se oscureció de pronto y Axto, desde lejos, oyó el alto alarido de Pasifae. Desgarrada, dichosa, gritaba nombres y cosas, insensatas nomenclaturas y jerarquías. Al grito sucedió el gemir del goce, su lasciva melopea que en mi recuerdo se mezcla todavía con azafrán y laureles. No sé más, Axto murió en mitad de una palabra. Me acuerdo de la palabra: sonrisa.

ARIANA

Hablaría de ella.

MINOS

No sé.

ARIANA

El toro era del norte, rojo y henchido. Lo digo como si escupiera los huesecillos de una paloma asada, las escamas del pescado. No quiero repetirlo, pero tú me has forzado su carne en la boca, siento correr una caliente savia de púrpura y limón por mi lengua lacerada. ¡Oh rey, padre mío, y él está vivo ahí, y tú lo condenas cruelmente!

MINOS

Y yo estoy vivo aquí, y él me condena cruelmente. En este día que vuelve cada año con una barca de llantos; en este día en que debo ser rey.

ARIANA

Ya estarán en camino.

MINOS

Y él acechará, hambriento y furioso, las galerías equívocas que separan el sol de su testuz enceguecido. ¿No oyes? ¡Ese ruido! ¡Como si afilara su doble rayo contra el mármol!

ARIANA

Era simple y callado.

MINOS

Pregunta a las sombras de los atenienses. Pregunta a las vírgenes de trenzas claras.

ARIANA

¿Cómo podría vivir sin comer? La cólera nació del primero que tuvo hambre. En el palacio erraba manso y sumido, dormía sobre el follaje seco. No me dejaban hablarle pero a veces nos mirábamos distantes, y él iba bajando despacio la roja cabeza hasta que sólo quedaban los cuernos blanquísimos hacia mí, como los curvos ojos de marfil en las figurillas votivas.

MINOS

Ordenaba su fuerza, contando secretamente los números de la ira. Fue preciso vestirlo de piedra para que no tronchara mi cetro.

ARIANA

Vi cuando lo llevaban.

MINOS

Una mujer no sabe mirar. Sólo ve sus sueños.

ARIANA

Rey, así miran los dioses y los héroes. Tú mismo, ¿qué ves del día sino la noche, el miedo, el Minotauro que has tejido con las telas del insomnio? ¿Quién lo tornó feroz? Tus sueños. ¿Quién le trajo la primera gavilla de muchachos y doncellas, arrancados a Atenas por el terror y el prestigio? Él es tu obra furtiva, como la sombra del árbol es un resto de su nocturno espanto.

MINOS

Los atenienses no volvieron a salir.

ARIANA

Nadie sabe qué mundo multiforme o qué multiplicada muerte llenan el laberinto. Tú tienes el tuyo, poblado de desoladas agonías. El pueblo lo imagina concilio de divinidades de la tierra, acceso al abismo sin orillas. Mi laberinto es claro y desolado, con un sol frío y jardines centrales donde pájaros sin voz sobrevuelan la imagen de mi hermano dormido junto a un plinto.

MINOS

¡Ah, vete a él! Toda tú eres reproche. Tan próxima y lejana. Debí encerraros juntos, cederte a sus mandíbulas. Puedo hacerlo todavía.

ARIANA

No, tú sabes que no. Estamos de este lado de esas piedras. Como la pared del pecho entre el negro corazón y el albo sol, el muro del arquitecto segmenta nuestros mundos. Un horror solitario y astuto cohíbe mis pasos. Puedo pensar en el jardín central, en el huésped bicorne— Mi corazón desfallece, renuncia al enigma. ¡Saber, sueño meridiano! ¡Acceder, confirmar! ¡Y en el borde mismo retrocedo como una ola sucia de arena, me repliego a mi confusa ignorancia donde bate la delicia del horror, la esperanza renovada!

MINOS

Ya están aquí.

ARIANA

¡Oh, libertad! La entrada es lisa y fácil. Cuántas veces he llegado al punto en que la galería principia a girar, a proponer el engaño sutilísimo.

MINOS

Vendrán vestidos de lágrimas como todos los años. Los hombres sostendrán a las vírgenes y olvidarán su miedo en el consuelo viril.

ARIANA

Allí me detengo. Todo lo que sigue es solamente deseo, carne triste, involuntaria. ¡Oh hermano solo, monstruo capaz de excederme hasta en la ausencia, de revestir con miedo mi primera ternura! ¡Oh roja frente abominable!

MINOS

Ahora eres la reina.

ARIANA

Ahora no sé quién soy.

Escena

*Los condenados permanecen a distancia, mirando
hacia el laberinto. Teseo se adelanta solo.
Contempla largamente a Ariana antes de volverse
al Rey. Ariana se aparta hasta quedar apoyada
en la pared del laberinto. Ya el sol cae a plomo
y el cielo es de un azul duro y ceñido.*

MINOS

Créeme, no lo hago con alegría. Los sacerdotes leyeron su amenaza sobre láminas de bronce corroídas por un líquido sagrado. Cnossos no se regocija con vuestra muerte. Pero él reclama su tributo cíclico, reclama siete vírgenes y siete de vosotros. Es preciso.

TESEO

Y los exige atenienses, por supuesto.

MINOS

¿Quién eres tú que me arroja su ácida flecha a tan pocos pasos de la muerte?

TESEO

Un igual.

MINOS

Teseo.

TESEO

Mira esa gente. Cuánto llorar perdido. Su ser entero confluye a las lágrimas, como si de las lágrimas pudiera nacer alguna perpetuación. ¿Tú concibes que un hombre, máquina de poder, se resuma en su llanto, en esa sal sin futuro?

MINOS

Teseo el matador. Sí, tienes la frente y la palabra dura de tu padre. Se ve al mirarte que te ordenas en torno de tu voluntad como otros en torno de su gracia o su silencio. No sé a qué vienes, qué astucia ática te han aconsejado tus dioses nutridos de espantosa dialéctica. No te prefiero así, ¡oh hijo de enemigo! No has venido a morir; tu presencia altera el orden sagrado, introduce el desconcierto que en el sacrificio irrumpe de la ternera rebelde, de la libación mal vertida. No te prefiero aquí.

TESEO

Nunca sabrás cuánto se parece tu lenguaje a mi pensamiento. Serénate, rey, imita a esa virgen que adhiere a la pared misteriosa y nos contempla con mirada incierta y blanda, fuera del tiempo. Ve cómo coincide su túnica con la lejana réplica de aquellas columnas. ¡Oh armonía presente, instauración feliz de lo continuo! Lazos aéreos ciñen su doble fuga, y de su relación sutil adviene mi alegría. Serénate y apacigua tanto tráfico oscuro mirando lo que dura, sostenido y claro, en su ritmo meridiano.

MINOS

Es Ariana.

TESEO

No podía ser otra. Hasta en ella nos asemejamos. En
Atenas me hablaron de Ariana. La deseé como al viento
de popa y al perfil familiar de las islas. Ella es el vértice
que une nuestras dos líneas reales.

MINOS

Y todo lo dices como si el hoy fuese ya el día cum-
plido, como si hubieras cruzado su puente con la muerte
sonando entre las piedras. ¡Oh insensato, pasto codiciado
del Minotauro!

TESEO

Tú ya sabes que no.

MINOS

Mis guardias te arrastrarán al igual que los otros.

TESEO

Iré el primero y solo.

MINOS

Morirás temblando.

TESEO

Tú ya sabes que no. Tengo un problema: salir del laberinto. ¡Cómo se desvelaron mis maestros proponiendo soluciones al enigma dedálico! Los hay que creen en galerías concéntricas, llenas de falsas puertas. Me aconsejaron caminar con los ojos cerrados para evitar las ilusiones; el instinto crece con la sombra y el desamparo.

MINOS

¡Con los ojos cerrados! Sí, te evitarás verlo antes que te alce en sus pitones luminosos.

TESEO

Se entiende que eso será después de haber matado al monstruo.

MINOS

Habla; es bueno para no pensar.

TESEO

Pero el problema persiste; su muerte me hace señor de una cárcel. Si no vuelvo, ¿cómo sabrán en Atenas que he matado al Minotauro ilustre?

MINOS

¿Tenías que matarlo?

TESEO

Sí, por lo mismo que tú tenías que encerrarlo. Aquí divergen nuestras sendas, rey, pero la inteligencia es alta y se comprende de un hombre a otro y desde sus diferencias.

MINOS

Te obstinas en ver semejanza allí donde sólo hay azar.

TESEO

Este azar, igual que todos, se ha venido tejiendo con minucia y el Minotauro lo expone a la luz como envuelve el rocío en su delación plateada el tapiz de Aracné. Nadie nos oye y yo soy Teseo. Es decir, soy también Minos. Cosa nuestra, más acá de nuestros reinos y nuestros nombres. Porque también tú eres Teseo. Creta y Atenas, la nada. Sobre esas tierras perecederas, los reyes impetramos un orden sobrehumano, con un lenguaje solitario y desnudo, frente a frente.

MINOS

Ahora sé que mentías. Nuestro vértice no es Ariana, está al otro lado del muro y nos espera.

TESEO

¡Oh rey, seguro entendimiento!

MINOS

Sigo a oscuras esta indecible claridad que me propones. Ignoro a qué has venido, qué proyectas. Compruebo la necesidad casi horrible de que estés aquí, de que nos enfrentemos junto al muro, bajo los ojos de Ariana. Es casi un saber, algo que participa de la amenaza y el ultraje.

TESEO

Es más que saber; resuena en la nocturna caja del pecho, donde las pruebas huelgan. ¿Acaso sé yo por qué he venido? Cuando mis maestros querían explicármelo, los detenía riendo: «Callad, filósofos. Tan pronto llenéis de razones mi valor, me echaré a temblar». Estoy aquí cumpliendo un mandato que me viene de la estirpe. No consta de palabras ni designios, sólo un movimiento y una fuerza.

MINOS

Tenías que matarlo. Oscuramente sé que tu respuesta es la mía, que una sola palabra puede desatar todo enigma.

Teseo

¿Quién sabe de enigmas? Yo ataco.

Minos

Es una solución. Cuántos sucumben a los enigmas por creerlos materia de sutil examen, por contestar con palabras a la obra de la palabra. ¿Pero tenías que matarlo?

Teseo

Está en mi camino, como los otros. Todos ellos me estorbaban.

Minos

Es extraño. Cada uno se construye su sendero, es su sendero. ¿Por qué, entonces, los obstáculos? ¿Llevamos el Minotauro en el corazón, en el recinto negro de la voluntad? Cuando ordené al arquitecto esta sierpe de mármol era como si previera la irrupción del cabeza de toro. Y también como si tu barca, ¡oh matador de sueños crueles!, estuviera ya subiendo el río, toda velas negras, hacia Cnossos. ¿Es que vamos extrayendo el acaecer de nuestro presente torturado? ¿Edificamos tan horriblemente nuestra desdicha?

Teseo

Yo iba al gimnasio y dejaba que mis maestros pensaran por mí. No creas que te sigo en tus rápidos juegos. Me

31

obedezco sin preguntar mucho. De pronto sé que debo sacar la espada. Vieras a Egeo cuando me agregué a los condenados. Quería razones, razones. Yo soy un héroe, creo que basta.

MINOS

Por eso hay tan pocos.

TESEO

Además, soy rey. Egeo está ya muerto para mí. Atenas encontrará pronto su amo. Al rey puedes preguntarle más que a Teseo. De pronto me descubro una peligrosa facilidad para encontrar palabras. Lo que es peor, me gusta tejerlas, ver qué pasa, arrojar las redes— ¡Oh, pero me contengo! Mira, yo sé por qué debo matar al cabeza de toro. Me preocupa su astucia.

MINOS

También tú.

TESEO

Es temible allí dentro.

MINOS

Más que fuera, pero de otro modo, con la sutileza del prestigio. Yo tenía que encerrarlo, sabes, y él se vale de que yo tenía que encerrarlo. Soy su prisionero, a ti puedo decírtelo. ¡Se dejó llevar tan dócilmente! Aquella mañana supe que salía camino de una espantosa libertad, mientras Cnossos se me convertía en esta dura celda.

TESEO

Debiste concluir con él si tu cetro no alcanzaba para usar su vida.

MINOS

Parecía tan fácil ocultarlo para siempre. Ya ves, todos los artificios de Dédalo se vuelven horriblemente contra mí. Y luego... ¡con qué tranquilidad hablas de matar!

TESEO

Ahora te alegrarás de que lo haga por ti.

MINOS

Sí. Tiene que morir, has venido a eso y no hay ya que hablar. Nos entendemos bien. Pero yo te llevo años, tristezas, desnuda y solitaria meditación nocturna en terrazas abiertas a los astros. Lo que llamas matar...

TESEO

Pudiste hacerlo tú mismo. En cambio lo alimentas con carne ateniense, que te cobraré el mismo día en que

de la mano seca de Egeo caiga el cetro a estos dedos como
águilas.

MINOS

¿Tú crees que los devora? A veces pienso si no ejercita
su vigilia en hacer de esos mancebos aliados, de esas vírgenes esposas, si no urde la tela de una raza terrible para
Creta.

TESEO

¿Por qué entonces renuevas el tributo?

MINOS

Lo sabes como yo. Hubieras hecho lo mismo en mi
lugar. Egeo tiembla cuando los vientos empiezan a alzarse
desde las aguas, y el plazo se cierra inevitable. Y luego la
ceremonia, el pavor de Atenas.

TESEO

Todo lo pagarás en su día.

MINOS

Sí, y no porque a ti te importe; deberás hacerlo con el
mismo secreto hastío que pongo en reclamar mis presas.
Está mi pueblo, que me elogia por tener en mis manos al
monstruo. Y el Egipto, donde repiten las maravillas del

laberinto. Imagínate, matarlo de hambre. Se diría en seguida: «No era tan temible, apenas le faltó el tributo dejaron de oírse sus mugidos triunfales, los altos gritos que a mediodía brotaban del recinto como bocinas de fiesta». No es al cabeza de toro que entrego los atenienses; hay aquí un demonio que necesita alimento.

Teseo

Cuánto hablas— Pero no hubieras podido decir con menos tanta falsa materia. ¡Demonio! Mataré a ese demonio, arrastraré su cuerpo vestido de polvo por las calles de Cnossos.

Minos

En el fondo lo matarás por lo mismo que temo yo matarlo. Sólo los medios cambian, alguna vez te tocará saberlo.

Teseo

Nos parecemos menos de lo que supuse.

Minos

El tiempo te probará otra cosa.

TESEO

Tú serás una sombra. La venganza de Atenas se abre paso hacia tu garganta que hierve con las hormigas del perjurio. ¿Lo querías vivo? ¿Su existencia sostenía tu poder más allá de la isla? ¡Llama las músicas fúnebres, haz que se preparen!

MINOS

No me importa que lo mates.

TESEO

Te importa. Por eso lo heriré con doble fuerza.

MINOS

Y en ese mismo momento yo meteré esta espada entre los senos de Ariana.

TESEO

¿Ariana? No pensaba en Ariana. ¿Por qué no matarme a mí?

MINOS

Atenas saltaría como una inmensa langosta sobre mi isla. Que te mate el cabeza de toro; eso lo acatarán, viene de más arriba.

TESEO

Ariana. Sí, está Ariana. Pero yo debo matar al Minotauro.

MINOS

Mátalo, y guarda su muerte como una piedra en la mano. Entonces te daré a Ariana.

TESEO

¿Callar su muerte? ¿Pero tú crees que Teseo puede volver a Atenas sin que lo sobrevuele la noticia de otro monstruo vencido?

MINOS

Volverás con Ariana y con el corazón en paz. Piensa; con Ariana, y con el corazón en paz.

TESEO

Libres de monstruos las islas; porque éste es el último.

MINOS

Y los pueblos siempre temerosos. Los atenienses inclinándose con el tributo anual. Luego yo te lo perdonaría. Siempre están los africanos para alimentar el prestigio del monstruo.

TESEO

Ya ningún monstruo vivo.

MINOS

Sólidos, nuestros tronos.

TESEO

Ningún monstruo vivo. Solamente los hombres.

MINOS

Los hombres, sostén de los tronos.

TESEO

Y tú me darías a Ariana.

MINOS

Mira si nos parecemos.

Escena

Se ve entrar a los atenienses precedidos por Teseo.
Con ademán liviano, casi indiferente, el héroe
lleva en la mano el extremo de un hilo brillante.
Ariana deja que el ovillo juegue entre sus curvados
dedos. Al quedar sola frente al laberinto,
sólo el ovillo se mueve en la escena.

ARIANA

En la fresca solemnidad de las galerías, su frente será más roja, de un rojo denso de sombra, y como lunas enemigas se enhiestarán los cuernos luminosos. Envuelto en el silencio vacuno que ha presidido su amargo crecimiento, paseará con los brazos cruzados sobre el pecho, mugiendo despacio.

O hablará. Oh sus dolidos monólogos de palacio, que los guardias escuchaban asombrados sin comprender. Su profundo recitar de repetido oleaje, su gusto por las nomenclaturas celestes y el catálogo de las hierbas. Las comía, pensativo, y después las nombraba con secreta delicia, como si el sabor de los tallos le hubiera revelado el nombre... Alzaba la entera enumeración sagrada de los astros, y con el nacer de un nuevo día parecía olvidarse, como si también en su memoria fuera el alba adelgazando las estrellas. Y a la siguiente noche se complacía en instaurar una nueva nominación, ordenar el espacio sonoro en efímeras constelaciones...

No sabré ya nunca por qué su prisión alza en mí las máquinas del miedo. Tal vez entonces comprendí que estaba envuelto en una existencia ajena a la del hombre. Los hermanos parecen menos hombres y menos vivos, imágenes adheridas a la nuestra, apenas libres. Duele decir: hermano. ¡Lo es tan poco, turbio anochecer de nuestra madre! ¡Oh Minotauro, no quiero pensar en Pasifae, tú eres el Toro, el cabeza de toro recogido y amargo! Y alguien marcha contra ti mientras mi ovillo decrece, vacila, brinca como un cachorro en mis manos y bulle quedamente...

Los ojos de Teseo me miraron con ternura. «Cosa de mujer, tu ovillo; jamás hubiera hallado el retorno sin tu astucia». Porque todo él es camino de ida. Nada sabe de nocturna espera, del combate saladísimo entre el amor a la libertad, ¡oh habitante de estos muros!, y el horror a lo distinto, a lo que no es inmediato y posible y sancionado.

Me dijo del triunfo, de su nave y del tálamo. Todo tan claro y manifiesto. A su lado era yo algo maligno e impuro, lácteo punto turbio en la claridad de la esmeralda. Entonces ordené las palabras de la sombra: «Si hablas con él dile que este hilo te lo ha dado Ariana». Marchó sin más preguntas, seguro de mi soberbia, pronto a satisfacerla. «Si hablas con él dile que este hilo te lo ha dado Ariana...». ¡Minotauro, cabeza de purpúreos relámpagos, ve cómo te lleva la liberación, cómo pone la llave entre las manos que lo harán pedazos!

El ovillo es ya menudo y gira velocísimo. Del laberinto asciende una sonoridad de pozo, de tambores apagados. Pasos, gritos, ecos de lucha, todo se confunde en el uniforme murmullo como de mar espeso. Sólo yo sé. ¡Espanto, aleja esas alas pertinaces! ¡Cede lugar a mi secreto amor, no calcines sus plumas con tanta horrible duda! ¡Cede lugar a mi secreto amor! ¡Ven, hermano, ven, amante al fin! ¡Surge de la profundidad que nunca osé salvar, asoma desde la hondura que mi amor ha derribado! ¡Brota asido al hilo que te lleva el insensato! ¡Desnudo y rojo, vestido de sangre, emerge y ven a mí, oh hijo de Pasifae, ven a la hija de la reina, sedienta de tus belfos rumorosos!

El ovillo está inmóvil. ¡Oh azar!

Escena

En la curvada galería, Teseo enfrenta
al Minotauro. Se ve el extremo del hilo a
los pies del héroe que empuña la espada.

Teseo

Preguntas vanamente. No sé nada de ti: eso da fuerza a mi mano.

Minotauro

¿Cómo podrías golpear? Sin saber a quién, a qué.

Teseo

Si esperara a oír, acaso no pudiera matarte luego. He visto jueces que humillaban la cabeza al condenar. Uno notaba que sobre el reo se cernía en ese instante como una grandeza, una inmensidad sin nombre. Pero yo te miro de frente porque no te juzgo. No te mato a ti sino a tus actos, al eco de tus actos, su resonar lejano en las costas griegas. Se habla ya tanto de ti que eres como una vasta nube de palabras, un juego de espejos, una reiteración de fábula inasible. Tal es al menos el lenguaje de mis retóricos.

Minotauro

Parece que miraras a través de mí. No me ves con tus ojos, no es con los ojos que se enfrenta a los mitos. Ni

siquiera tu espada me está justamente destinada. Deberías
golpear con una fórmula, un ensalmo: con otra fábula.

TESEO

Todavía somos iguales. Aquí no llega el rumorear de
los puertos. Seré yo quien retorne, arrollando el hilo sutil,
para aventar con mi nombre el montón de ceniza en que
se habrá calcinado el tuyo.

MINOTAURO

¡Un hilo! Entonces puedes salir de aquí.

TESEO

Con mi espada roja.

MINOTAURO

Entonces el que mate al otro puede salir de aquí.

TESEO

Ya lo ves.

MINOTAURO

Habrá tanto sol en los patios del palacio. Aquí el sol
parece plegarse a la forma de mi encierro, volverse sinuoso

y furtivo. ¡Y el agua! Extraño tanto al agua, era la única que aceptaba el beso de mi belfo. Se llevaba mis sueños como una mano tibia. Mira qué seco es esto, qué blanco y duro, qué cantar de estatua. El hilo está a tus pies como un primer arroyo, una viborilla de agua que señala hacia el mar.

TESEO

Ariana es el mar.

MINOTAURO

¿Ariana es el mar?

TESEO

Me dio este hilo, para recobrarme cuando te haya matado.

MINOTAURO

¡Ariana!

TESEO

Después de todo es de tu sangre. Después de todo es al toro a quien mato en ti. Si pudiera salvar el resto, tu cuerpo todavía adolescente.

MINOTAURO

Para qué. Ariana mezcló sus dedos con los tuyos para darte el hilo. Ya ves, el hilo de agua se seca como todos. Ahora veo un mar sin agua, una ola verde y curva enteramente vacía de agua. Ahora veo solamente el laberinto, otra vez solamente el laberinto.

TESEO

Ocurre que tienes miedo de morir. Créeme, no duele mucho. Yo podría herirte de un modo— Pero te acabaré prontamente, siempre que no luches y bajes la cabeza.

MINOTAURO

Siempre que no luche. Oh vanidoso cachorro, qué cerca estás tú mismo de la muerte. ¿No sospechas que me bastaría una cornada para hacer de tu filo un estrépito de bronce roto? Tu cintura es un junco entre mis dedos, tu cuello la vaina delicada de la alubia. Ahora el odio rojo monta por mi frente, sé que debería matarte, seguir la senda que el hilo me propone, alzarme hasta las puertas como un sol de espuma negra... ¿Para qué?

TESEO

Si eres tan fuerte, pruébalo.

MINOTAURO

¿Para quién? Salir a la otra cárcel, ya definitiva, ya poblada horriblemente con su rostro y su peplo. Aquí fui libre, me icé hasta mí mismo en incontables jornadas. Aquí era especie e individuo, cesaba mi monstruosa discrepancia. Sólo vuelvo a la doble condición animal cuando me miras. A solas soy un ser de armonioso trazado; si me decidiera a negarte mi muerte, libraríamos una extraña batalla, tú contra el monstruo, yo mirándote combatir con una imagen que no reconozco mía.

TESEO

No sé lo que dices. ¿Por qué no luchas?

MINOTAURO

Ya ves, me cuesta decidir. Si en el extremo del hilo se cerrara la mano de Piritoo, de cualquiera de tus camaradas, ya estarías mezclándote con ese polvo que pisas. Pero dijiste: «Ariana es el mar».

TESEO

Un modo de decir. Y luego que nada tiene ella que ver con nuestra lucha. No es culpa suya si eres cobarde.

MINOTAURO

Si te ofrezco el cuello, ¿seré cobarde?

TESEO

No, Minotauro. Algo me dice que podrías combatir y no quieres. Te prometo herir bien, como se hiere a los amigos.

MINOTAURO

No hay malicia en tus ojos, joven rey. Tan claros que la realidad pasa por ellos y no deja más que apariencias, su arena en el cedazo. Aún no me has domeñado. Y no sabes que muerto seré distinto. Pesaré, Teseo, como una inmensa estatua. Cuernos de mármol se afilarán un día contra tu pecho.

TESEO

Deja de hablar y decídete.

MINOTAURO

Muerto seré más yo— ¡Oh decisión, necesidad última! Pero tú te disminuirás, al conocerme serás menos, te irás cayendo en ti mismo como se van desmoronando los acantilados y los muertos.

TESEO

Al menos estarás callado.

MINOTAURO

Sí, para dejarte oír. Te quedarás aquí, solo en los muros, y allá adentro el mar.

TESEO

¡Cuánto arguyes!

MINOTAURO

Espera el día en que la tierra de los hombres guarde mi argumento en el secreto río de la sangre. No me has oído aún. Mátame antes.

TESEO

Ahora me urges, como si tramaras un ardid.

MINOTAURO

Estoy decidido. Desde un repentino separarse de aguas en lo hondo, la libertad final se adelanta en el filo que nace de tu puño. Qué sabes tú de muerte, dador de la vida profunda. Mira, sólo hay un medio para matar los monstruos: aceptarlos.

TESEO

Sí, y que ellos te corneen el trono.

MINOTAURO

Es que no tendrían cuernos.

TESEO

O borren tus hazañas con el peso de su horrible imagen.

MINOTAURO

Andarían inadvertidos, como los gallos espantosos o los halcones de pesadilla. ¿No comprendes que te estoy pidiendo que me mates, que te estoy pidiendo la vida?

TESEO

Vine a eso. A matarte y callar. Sólo mientras Ariana esté en peligro. Apenas la alce a mi nave, todo yo seré voz gritando tu muerte, para que el aire caiga como una plaga en la cara de Minos.

MINOTAURO

Iré delante de ti, trepado en el viento.

TESEO

No serás más que un recuerdo que morirá con el caer del primer sol.

Minotauro

Llegaré a Ariana antes que tú. Estaré entre ella y tu deseo. Alzado como una luna roja iré en la proa de tu nave. Te aclamarán los hombres del puerto. Yo bajaré a habitar los sueños de sus noches, de sus hijos, del tiempo inevitable de la estirpe. Desde allí cornearé tu trono, el cetro inseguro de tu raza... Desde mi libertad final y ubicua, mi laberinto diminuto y terrible en cada corazón de hombre.

Teseo

Haré que arrastren tu cadáver por las calles, para que el pueblo abomine de tu imagen.

Minotauro

Cuando el último hueso se haya separado de la carne, y esté mi figura vuelta olvido, naceré de verdad en mi reino incontable. Allí habitaré por siempre, como un hermano ausente y magnífico. ¡Oh residencia diáfana del aire! ¡Mar de los cantos, árbol de murmullo!

Teseo

Así. Deja quieta la cabeza y todo será bien simple.

Minotauro

Ariana, en tu profundidad inviolada iré surgiendo como un delfín azulísimo. Como la ráfaga libre que soñabas vanamente. ¡Yo soy tu esperanza! ¡Tú volverás a mí porque estaré instaurado, incitante y urgido, en tu desconcertada doncellez de sueño!

TESEO

¡Inclínate más!

MINOTAURO

¡Ah, qué torpemente heriste!

TESEO

Te desangrarás con suavidad y sin sentirlo.

MINOTAURO

Mi sangre sabe a adelfas, se me va entre los dedos llena de pequeños soles movientes.

TESEO

¡Calla! ¡Muere al menos callado! ¡Estoy harto de palabras, perras sedientas! ¡Los héroes odian las palabras!

MINOTAURO

Salvo las del canto de alabanza—

Escena

*El Minotauro agoniza, sosteniendo la roja
cabeza contra el muro. El joven citarista se acerca
temeroso, mientras otros habitantes del laberinto
—jóvenes, doncellas— se detienen más lejos.*

El citarista

¡Oh, señor de los juegos! ¡Amo del rito!

Minotauro

Déjame, citarista. No podrías darme más que música, y en mi resto de vida crece como el viento un reclamo de silencio.

El citarista

¡Toda esa sangre!

Minotauro

Sólo ves lo que no importa. Sólo te dolerás de mi muerte.

El citarista

¿Cómo no dolerme? Tú nos llenaste de gracia en los jardines sin llave, nos ayudaste a exceder la adolescencia temerosa que habíamos traído al laberinto. ¿Cómo danzar ahora?

MINOTAURO

Ahora sí. Ahora hay que danzar.

EL CITARISTA

No podremos, esta cítara cuelga de mis dedos como una rama seca. Mira a Nydia llorando entre las vírgenes, olvidada del ritmo que nacía de sus pies como un sutil rocío. ¡No nos pidas danzar!

MINOTAURO

Nydia sentirá crecerle un día la danza por los muslos, y a ti el mundo se te volverá sonido, y el ritmo matinal os hallará a todos cara al sol y al júbilo— De este silencio en que me embarco descenderán las águilas. Pero no hay que recordarme. No quiero ese recuerdo. El recuerdo, hábito insensato de la carne. Yo me perpetuaré mejor.

EL CITARISTA

¿Cómo olvidarte?

MINOTAURO

Ya lo sabrás, una vida te espera para el olvido. No quiero llantos, no quiero imágenes. Solamente el olvido. Y entonces seré más yo. En la crecida noche de la raza, sustancia innominable y duradera. ¡Oh delicada sangre que renuncia! Miradla, su manantial ya ajeno, ya no mío. Infinitas estrellas parecen alentar en su movimiento, naciendo y dispersándose en la granada temblorosa— Así quiero acceder al sueño de los hombres, su cielo secreto y sus estrellas remotas, esas que se invocan cuando el alba y el destino están en juego. Mírame morir y olvida. En una hora alta acudiré a tu voz y lo sabrás como la luz que ciega, cuando el Músico diga en ti los números finales. Mírame callar, Nydia de pelo claro, y danza cuando te alces ya pura de recuerdo. Porque yo estaré allí.

EL CITARISTA

¡Qué lejana tu palabra!

MINOTAURO

Ya no mía, ya viento y abeja o el potro del alba— Granada, ríos, azulado tomillo, Ariana... Y un tiempo de agua libre, un tiempo donde nadie—

EL CITARISTA

¡Callad, callad todos! ¿Pero no veis que ha muerto? La sangre ya no fluye de su frente. ¡Qué rumor sube de la ciudad! Sin duda acuden a ultrajar su cadáver. Nos rescatarán a todos, volveremos a Atenas. Era tan triste y bueno. ¿Por qué danzas, Nydia? ¿Por qué mi cítara se obstina en reclamar el plectro? ¡Somos libres, libres! Oíd, ya vienen. ¡Libres! Mas no por su muerte— ¿Quién comprenderá nuestro cariño? Olvidarlo... Tendremos que mentir, continuamente mentir hasta pagar este rescate. Sólo en secreto, a la hora en que las almas eligen a solas su rumbo... ¡Qué extrañas palabras dijiste, señor de los juegos!

Vienen ya. ¿Por qué recomienzas la danza, Nydia?
¿Por qué te da mi cítara la medida sonora?

Nota del autor*

Este librito se publica tardíamente en Francia y creo que el lector tiene derecho a una explicación que disipará posibles malentendidos.

Laure Bataillon lo tradujo en los años sesenta para darse el gusto (y dármelo), pero los dos sabíamos perfectamente que no encontraría editor. Además, convencida de que el texto podía prestarse a una representación teatral, Laure lo presentó por su cuenta a un asesor de la compañía Barrault-Renaud. La respuesta fue que el tema de mi obra era demasiado semejante al de una tragedia de Montherlant, *Pasiphaé*, cuya puesta en escena estaba preparando Barrault. Pero como las obras de teatro tienen casi siempre tres actos, en el último de esta historia Alain Bosquet leyó un día *Los reyes* y lo publicó en su fulgurante (tanto por lo bella como por lo efímera) revista *L'7*. Lo cual me había parecido más que suficiente hasta el año pasado, cuando conocí a Hubert Nyssen en la casa generosa de Jean y Raquel Thiercelin, a la sombra perfumada del Luberon, quien me habló, para mi gran sorpresa, de su deseo de editar ese texto, tan lejano para mí.

Aquí está, pues, como bumerang que regresa después de un largo itinerario y es justo que diga unas palabras acerca de su nacimiento y su contenido. Como sucede con todo escritor, mis cajones están llenos de papeles que tal

---

* Traducción realizada por Aurora Bernárdez de la nota de autor escrita por Julio Cortázar a la primera edición de *Los reyes* en Francia. El libro fue publicado por Actes Sud en 1983 con edición de Hubert Nyssen y traducción de Laure Guille-Bataillon. *(N. del E.)*

vez pudieran publicarse, pero siempre algo en mí se opone a esas exhumaciones que me parecen, y nunca mejor dicho, tarea póstuma. Pero *Los reyes* son una excepción a esta regla, pues tengo de ellos una idea intemporal y siento que hubieran podido nacer tanto el mes pasado como en 1947 (año en que los escribí), tanto en París como en Buenos Aires.

Tal vez el lector piense lo contrario, pues con respecto a lo que de mí conoce, encontrará aquí un texto deliberadamente anacrónico y estetizante, en el que se da un contenido mítico a través de una escritura apenas menos imaginaria que, analógicamente, hace pensar en *Salambô* comparada con *Madame Bovary*. ¿Qué tiene que ver ese texto con mis cuentos y novelas posteriores? En apariencia, nada. Pero es muy posible que Flaubert no hubiera llegado a *Madame Bovary* si no hubiese dejado atrás *Salambô*, así como en la vida real, hay mujeres que son involuntariamente responsables de la que, mucho después, otra mujer, muy diferente, las sustituyera en el corazón del hombre.

Si *Los reyes* me parecen todavía muy cercanos, es porque, a pesar de las diferencias evidentes con mi escritura y mis preocupaciones ulteriores, su tema esencial es ya el móvil de casi todo lo que he escrito después: el sentimiento de la libertad creadora, o si se quiere, simplemente de la libertad. En aquella época yo no veía lo que había en el reverso de mi texto, pues lo estético me preocupaba entonces mucho más que lo ético o lo histórico; para mí se trataba simplemente de dar una versión diferente del mito del Minotauro y de Teseo, invirtiendo la versión que podía calificarse de oficial, es decir el punto de vista autocrático de Minos frente a la amenaza latente que representa para su trono el hijo del toro y de Pasifaé. Recuerdo con extraordinaria precisión lo que podría llamar una iluminación: en el autobús que me llevaba a mi casa, en ese estado de distracción que siempre ha favorecido lo que he escrito, vi al Minotauro como una víctima del poder de Teseo como guardián y defensor de ese poder. El mito giró sobre sí mismo para mostrarme su faz oculta. Y Ariana me reveló el verdadero sentido de su estratagema: ese hilo que en lugar de guiar a Teseo hacia la salida, es en realidad un mensaje de amor a su hermano prisionero. Escena tras escena, escribí en unas horas esos diálogos que eran la única manera que me era dada de mostrar otra visión del mito a través de las palabras de los protagonistas.

Más de veinte años después, comprendí que la envoltura espontáneamente anacrónica y el lujo verbal fuera de época —y especialmente de la mía, la Argentina de los años cuarenta—, había escrito sobre un terreno abstracto que más tarde trataría de comprender y expresar en el interior de la realidad que me rodeaba. Al igual que entonces, sigo creyendo que el Minotauro —es decir, el poeta, la criatura doble, capaz de aprehender una realidad diferente y más rica que la realidad habitual— no ha dejado de ser ese «monstruo» que los tiranos y sus secuaces de todos los tiempos temen y detestan y quieren aniquilar para que sus palabras no lleguen a los oídos del pueblo y hagan caer las murallas que los encierran en sus redes de leyes y de tradiciones petrificantes. Por su lado, Teseo es siempre la encarnación de lo que recibe hoy diferentes nombres —fascismo entre otros—, puesto que su espada no está al servicio de la libertad sino de lo que representa Minos, símbolo de la opresión, de la reificación de los pueblos. Y Ariana, que tiene el coraje desesperado de amar a su hermano infamante, vive en mí como el símbolo de la mujer que cada día se alza más a su verdadera condición que la historia le ha negado hasta ahora.

Por todas estas razones me alegra que *Los reyes* puedan ser leídos hoy en Francia y pienso que mis lectores compartirán mi certeza de que ese breve texto contiene ya una visión del mundo que yo habría de explorar sin pausa en las etapas ulteriores de mi trabajo. Todo está ya ahí, en su laberinto de espejos verbales, en su joven ingenuidad y su esperanza.

Este libro se terminó
de imprimir en
Móstoles, Madrid,
en el mes de
diciembre de 2023